Marianne Reiß
Herausgeberin

Dame mit Hut

Radio-Geschichten

Impressum

Lektorat: Alexander Hoffmann, Wissembourg/France
Illustration: Anneke Reiß-Maaoui M.A., Bremen
Marten Reiß B.A., Braunschweig

*Bibliographische Information der Deutschen Nationalbi-
bliothek*
Die Deutsche Bibliothek verzeichnet diese Publikation in
der Deutschen Nationalbiblliografie; detaillierte bibliogra-
fische Daten sind im Internet über http://dnb.dnb.de
abrufbar

© 2019 Marianne Reiß
Herstellung und Verlag
BoD – Books on Demand, Norderstedt
ISBN: 9783749451357

*Das Leben
ist unendlich viel seltsamer
als irgend etwas,
das der menschliche Geist
erfinden könnte.
Wir würden nicht wagen,
die Dinge auszudenken,
die in Wirklichkeit
bloße Selbstverständlichkeiten
unseres Lebens sind.*

Sir Arthur Conan Doyle 1859-1930

Inhalt

Wie alles begann

„Was hast Du in den Ferien erlebt?" Diese Frage hat mich in meiner Schulzeit mit schöner Regelmäßigkeit fast um den Verstand gebracht. Sie wurde in der Regel in den ersten Tagen nach den Sommerferien gestellt. Dann nämlich, wenn die meisten Schulkinder aus allen möglichen Teilen dieser schönen Welt in die heimischen Gefilde zurück gekehrt waren. Mit Erlebnissen, die es wert waren, erzählt zu werden und die sich gut dafür eigneten, mehrere Seiten eines Schulaufsatzes damit zu bekritzeln.

Und da saß sie dann, die kleine Marianne, schwitzte Blut und Wasser, kaute an ihrem Füllfederhalter und versuchte, die

9

Leere in ihrem Kopf mit irgendetwas zu füllen, das sie auf dieses verdammte Blatt Papier schreiben konnte. In den Ferien hatte ich – so schien es mir – nie etwas erlebt. Nie! Wir hatten einen großen Garten und im Sommer mussten die Bohnen geerntet und eingeweckt werden. Irgendwann kam ich jedoch auf den Trichter. Ich erkannte, dass man Erzählbares nicht nur dies- und jenseits des Äquators und weit weg von zu Hause erleben kann. Oft sind es gerade die kleinen Alltäglichkeiten, die sich unverhofft zu Anekdoten entwickeln und die es wert sind, liebevoll beachtet und niedergeschrieben zu werden. Wenn wir nur auf das große Ereignis warten, werden all die kleinen wunderbaren Unwichtigkeiten wirkungslos an uns vorbei rauschen. Wie schade, wenn sich am Ende herausstellen sollte, dass sie möglicherweise das eigentliche und wilde Leben ausgemacht haben.

Und so fing alles an. Ich schrieb genau das auf, was mir im Alltag an Skurrilitäten und Merkwürdigkeiten begegnete und sammelte es in einer Geschichten-Schatzkiste. Damit war ich für alle Eventualitäten mit Erzählstoff versorgt. Meine Schulnote in Deutsch verbesserte sich gewaltig.

Mein Mangel an Phantasie war in dieser Beziehung ein großer Vorteil. Erfinden brauchte ich nichts. Die Geschichten, die das Leben schreibt, sind oftmals phantastischer als alles, was sich irgendjemand ausdenken könnte. Nebenbei bemerkt, als Ausrede für eine verpasste Schul- oder andere Stunde eignen sie sich häufig nicht. Die wirklich wahre Wahrheit wird halt oft als nicht wahr verkannt.

Meine Erzähl-Leidenschaft ist mir bis heute geblieben. Die Geschichten-Schatzkiste wurde immer einmal wieder geöffnet, zuletzt für Radio Okerwelle*. Als Mitglied der Seniorenredaktion moderiere ich seit einigen Jahren eine Sendereihe zu *Geschichten, die das Leben schreibt.* Das tue ich natürlich nicht allein.

Meine Redaktionskollegen Helga Greger, Brigitte Haberlandt-Klein, Helmut Priedigkeit und Bernd Uhde haben ebenfalls so einiges aus dem Nähkästchen zu plaudern. Versprochen, alles ist selbst erlebt, nichts davon ist erfunden.

In diesem Sinne, freuen Sie sich auf die wirklich wahren Geschichten aus unserer Radiosendung, die in diesem Büchlein zu Papier gebracht werden.

Braunschweig im Mai 2019
Marianne Reiß

***

Radio Okerwelle ist seit 1997 ein Bürgersender im Sinne des niedersächsischen Mediengesetzes, dessen inhaltlicher Schwerpunkt in der Berichterstattung über die Region Braunschweig liegt. Bei der Okerwelle arbeiten professionelle und ehrenamtliche Radiomacher gemeinsam daran, die 168 Sendestunden der Woche mit attraktiven Inhalten zu füllen und die Region Braunschweig mit ihrer ganzen Meinungsvielfalt abzubilden. Https://okerwelle.de

Morgens um sieben
Marianne Reiß

Ist Ihnen schon einmal aufgefallen, dass so ein Telefon, wenn es morgens um sieben klingelt, irgendwie anders klingelt als zu den anderen Tagesstunden? Irgendwie alarmierender. Jedenfalls kann man sich als Angerufener gleich Floskeln wie *Schön von Dir zu hören* oder *An Dich habe ich auch gerade gedacht* sparen. Die passen zu dieser Morgenstunde mit allergrößter Wahrscheinlichkeit nicht.

Tatsächlich klingelt bei mir relativ häufig morgens um sieben das Telefon. Das mag daran liegen, dass ich die Chefin einer großen Familie bin, die sich mit den Jahren ohne mein Zutun um ein Vielfaches vergrößert hat. Kinder, Schwiegerkinder,

Enkel, Freunde und Nachbarn pflegen meine Nummer zu wählen. Man scheut den Umweg über die Polizei, den Notdienst, den Abschlepp- oder Tierkadaver-Beseitigungsdienst. Das ist oft auch ganz vernünftig. In den meisten Fällen stellt sich ja heraus, dass – wenn erst einmal die erste Aufregung verflogen ist – die Dienste dieser Hilfsorganisationen gar nicht benötigt werden.

Nun gut, heute Morgen klingelt mein Telefon in genau dieser alarmierenden Weise. Ein Freund muss ins Krankenhaus. Nicht als Notfall, ihm ist nur eingefallen, dass er sein Auto dort nicht für längere Zeit parken kann. Also nichts Aufregendes. Ob ich ihn mal eben...? Natürlich, das tut man gern für seine Freunde. Da gibt es nur ein kleines Problem.

Ich bin Besitzerin eines fossilen Kleinwagens, der immer fährt und nie schlappmacht. Und da solche Autos immer verlässlich fahren, tun sie das selten mit ihren Besitzern. Meist sind sie mit denen unterwegs, die ihre Abwrack-prämierten Autos gerade in der Werkstatt haben, die am Straßenrand liegen geblieben sind oder die einfach im Winter nicht anspringen. So ist es auch heute. Mein Auto steht nicht vor der Tür.

Ich könne seines nehmen. Du lieber Himmel, ich soll ein fremdes Auto fahren? Mit tausend Knöpfen, deren Funktion mir nicht im Mindesten klar ist? Mit lauter Hebeln, die völlig unmotiviert nach rechts, links, oben oder unten weisen? Meine Hilfsbereitschaft wird in diesem Moment auf eine harte Probe gestellt. Aber am Ende will ich dann doch nicht kneifen.

Der Freund fährt noch selbst mit mir als Beifahrerin zum Krankenhaus. Doch dann sitze ich mutterseelenallein in einem fremden Wagen. Der Sitz stimmt nicht, hat nicht die lang eingesessen vertrauten Dellen im Polster. Hebel, Knöpfe... wie vorausgesagt. Beim Blick nach vorn nur Straße. Sie wissen, so etwa wie bei einem Pekinesen. Bei meinem Auto ist da noch eine Menge rotes Blech zu sehen, aber nicht bei diesem hier. Vorsichtig strecke ich einen Fuß in Richtung Gaspedal, immer gewärtig, dass er vorne wieder raus kommt, so ganz ohne ordentlichen Motorraum zwischen mir und dem Mittelstreifen.

Aber dann fahre ich auch schon einige Meter, ohne etwas zu hören. Nicht, was Sie jetzt denken. Bei diesem Auto kann man den Motor beim Fahren nicht hören. Das ist aber sehr beunruhigend, da weiß man doch in voller Fahrt gar nicht, ob der Motor mittendrin abgewürgt ist. Unheimlich. Da lobe ich mir meine Rostlaube. Wenn man bei der den Motor nicht hört, ist er definitiv nicht an.

Nach einigen Metern unfallfreier Fahrt genieße ich den Ausflug. Servolenkung ist schon was Feines. Den Bremskraftverstärker probiere ich nicht aus, man darf es auch nicht übertreiben. Und während ich mich fröhlich an dieses fremde Fahrgefühl gewöhne, denke ich mir plötzlich: „Was ist das wohl für ein Autotyp?"

Ich muss dazu sagen, dass ich nur wenige Marken erkenne. Ich weiß, dass diese runden Dinger mit dem bayerischen Bierzeltmuster BMW heißen. Den Mercedes-Stern kenne ich auch. VW kriege ich hin, aber schon bei diesen olympischen Ringen nebeneinander hört es schlichtweg auf. Die Autos sehen heute aber auch alle irgendwie gleich aus. Nichts Charakteristisches mehr, womit man sie auch im Nebel oder bei einbrechender Dunkelheit auseinander halten könnte. Offenbar leben die Autodesigner ihre Kreativität nur noch in den Logos aus. Schade eigentlich.

Um den roten Faden wieder aufzunehmen, wie kann man während der Fahrt heraus bekommen, in was für einem Auto man sitzt? Lachen Sie nicht, das ist gar nicht so einfach. Außerdem muss man ja weiterhin nach vorne gucken und da sieht man nur, dass das hier kein Mercedes ist. Auf dem Lenkrad? Ja, da steht *Airbag.* So blauäugig bin ich jetzt auch nicht, dass ich das glaube. Aber, warten Sie mal, darüber ist ein Logo. Sieht aus wie eine silberne Sitzbadewanne in einem schwarz gekachelten Badezimmer. Tja, ich weiß nicht, zu welcher Marke das gehört. Muss ich wohl warten, bis ich den Besitzer am Ende der Woche wieder aus dem Krankenhaus abhole. Der wird es wohl wissen.

Wie man einen Keller aufräumt
Brigitte Haberlandt-Klein

Seit mehreren Jahren verfolgt mein Mann – und ich mit ihm – das ehrgeizige Projekt, seinen Bastelkeller auf den letzten Heimwerker-Stand zu bringen. Will heißen, es soll das, was da ist, geordnet werden. Alles, was nicht mehr gebraucht wird, soll – das ist zumindest das Vorhaben – rigoros aussortiert werden. Nun endlich, nach mehreren Jahren Vorlauf und akribischer Planung sind die ersten Schritte getan. Der gesamte Inhalt eines etwa acht Quadratmeter großen Raumes ist gleichmäßig auf drei andere Kellerräume verteilt. Man reibt sich die Augen, was alles in einem so relativ kleinen Raum hinein gepasst hat. Es ist soviel, dass sogar ein Teil des Kellerinhalts nach draußen unter ein Vordach verlagert werden muss. Sonst wäre kein Platz für begehbare Schneisen in den anderen Kellerräumen.

Nachdem der Akt des Ausräumens erledigt ist, sind wir in der Phase der Renovierung der Wände, die später mit Regalen zugestellt und mit Lochplatten versehen werden sollen, damit alle Werkzeuge ordentlich sortiert, verstaut und – ja, das ist der donnernde Höhepunkt – wiedergefunden werden können. Ob allerdings die besagten acht Quadratmeter für dieses ehrgeizige Projekt ausreichen? Nun ja, man wird sehen. Hat ja vorher auch geklappt.

Zuvor findet jedoch das große Aussortieren statt. „Klar," sagt mein Mann, „da kann eine Menge weggeworfen werden. Und dann passt das auch alles wieder in den Keller. Du wirst schon sehen." Das Aussortieren und sich Trennen von Dingen, die es in drei- oder vierfacher Ausfertigung gibt, sei überhaupt kein Problem für ihn. Sagt er. Von einigen Geräten hätte er nur deshalb mehrere Exemplare, weil der Keller so unübersichtlich gewesen sei, man nichts wiedergefunden hätte und deshalb etwas Neues kaufen musste. Aber das werde künftig mit einem durchdachten Sortierungs-und Zuordnungssystem überhaupt kein Problem mehr sein. Sagt er.

Allerdings, einfach nur wegschmeißen, das ginge nicht. Man müsse schon genau überlegen, was weg könne und wovon ein gewisser Vorrat behalten werden sollte. Mein Einwand, dass doch sicher Schrauben, die schon einmal benutzt wurden, weg könnten, wird wortlos mit hochgezogenen Augenbrauen registriert. Ich begreife bei dieser Aktion, dass das Aussortieren von alten Schrauben eine diffizile Aufgabe ist, die einem technisch unerfahrenen Menschen weiblichen Geschlechts nur nach einer längeren Einweisung anvertraut werden kann. Auch die Behauptung, in großen Kartons lose gelagerte Kabelabschnitte, unauflösbar miteinander verdreht und verknotet, könnten weg, weil man sie eh nicht mehr gebrauchen kann, entlarvt die Ehefrau als technische Laiin und außerdem als verschwendungssüchtig. Ob ihr bewusst sei, was Kabel kosten? Man wolle doch schließlich nicht jedes Mal in einen Baumarkt oder Elektronikladen rasen, wenn man nur ein Stück Kabel brauche.

„Ja aber..." „Nichts da," jedes zu entsorgende Stück müsse genau betrachtet werden und es müsse sehr gut abgewogen werden, ob und wo etwas noch Verwendung finden könnte. Auch kaputte elektrische Geräte seien ein Schmankerl. So etwas werfe man nicht weg. Da seien Bauteile drin, die man eventuell noch ausbauen und anderswo verwenden könne.

Liebe Leserinnen – die männlichen Leser finden meine Betrachtungen wahrscheinlich völlig unverständlich – vielleicht können Sie verstehen, dass ich mittlerweile einen ziemlich resignierten Blick auf das Thema Kellerrenovierung habe. Aber ich reiße mich zusammen und glaube entschlossen noch immer daran, dass irgendwann alles so aufgeräumt ist, dass sogar ich eine Chance habe, einen Hammer oder einen bestimmten Schraubendreher zu finden.

Vor der Kellerrenovierung habe ich immer nach einem Schraubenzieher gesucht. Aber das sei falsch gewesen, sagt mein Mann. Das Ding ziehe ja schließlich keine Schrauben, es drehe sie. Wie auch immer, irgendwann – hoffentlich noch in diesem Leben – wird der Keller so aufgeräumt sein, dass auch ich alles auf Anhieb finden werde. Die Hoffnung stirbt bekanntlich zuletzt.

Der Ort des Nichtgeschehens
Marianne Reiß

„Mama!" wimmerte es morgens kurz nach sieben aus dem Telefonhörer und ich sehe schon, ich muss hier erst einmal etwas klären. Bevor ich in Ihrer Achtung sinke, muss ich erwähnen, dass ich keine Rabenmutter bin. Jedenfalls nicht so eine, die nachmittags im Gewühl ihre Kinder verliert und das erst am nächsten Morgen um sieben merkt. Ich bin auch keine amtierende Mutter. Die Stimme am Telefon gehörte meiner erwachsenen Tochter, einer schönen und im sonstigen Leben sehr selbstbewussten jungen Frau.

An diesem Morgen um sieben war ihr das Selbstbewusstsein allerdings für kurze Zeit abhanden gekommen. Und wenn Sie gleich lesen, was das ausgelöst hat, dann werden Sie mit mir einer Meinung sein, dass das sehr verständlich ist. Jedenfalls werden Sie so denken, wenn Sie selbst eine Frau sind. Sollten Sie ein Mann sein, dann freue ich mich, Ihnen Gelegenheit zu geben, sich darüber zu freuen, dass es Dinge im Leben einer Frau gibt, in denen sie eine überlegene männliche Präsenz außerordentlich zu schätzen weiß.

An diesem Morgen um sieben - das muss ich hier leider zugeben - waren wir eindeutig fehl besetzt. Wenn Sie als weibliche Leserin diese Offenheit jetzt bedauern, so darf ich Sie beruhigen. Ich habe noch andere, für unsere Spezies rühmlichere Vorkommnisse zu berichten, die ganze Bände von Büchern füllen könnten.

Doch was wollte ich eigentlich...? Ach ja! Erklären, warum meine Tochter morgens um sieben anruft. Ihr Auto war zwanzig Kilometer von zu Hause auf dem Weg zur Arbeit mit dampfendem Motor liegen geblieben. Um meiner Tochter die Ehre zu erweisen, möchte ich erwähnen, dass sie nicht nur an Mama dachte, sondern auch gleich mehrere Fehlermöglichkeiten parat hatte. Der Kühlwasserbehälter sei gefüllt, aber so irgendwie rosa. Hm. Die Zylinderkopfdichtung? Das ginge ja noch! Der Zylinderkopf himself! Eujeu, das wäre das Ende dieses ohnehin betagten Gefährten. Um hier nicht erneut für falsche Assoziationen zu sorgen. Natürlich hätte es „Gefährtes" heißen müssen. Aber irgendwie habe ich das Gefühl, dass die Tage dieses Vehikels ab sofort in Stunden ablaufen und wollte nur etwas Nettes über diese Rostlaube sagen.

Wie auch immer, ich stieg sofort in mein Auto und fuhr zum Ort des Geschehens, obwohl „Nichtgeschehens" ein treffenderer Ausdruck wäre.

Natürlich hatte ich ein Abschleppseil dabei. Und bisher, im Gegensatz zu meiner Jüngsten, auch noch die Nerven. Noch, denn Sie werden sehen, dass ich das nicht bis zum Ende meiner Geschichte durchgehalten habe. Bingo! Jetzt sind Sie doch neugierig geworden!

Hand aufs Herz und ganz schnell geantwortet ohne zu googeln: Wo ist beim Golf vorne die Abschlepp-Öse? Wo? Es würde zu weit führen, jetzt im Einzelnen zu beschreiben wie sich zwei gut angezogene Damen in voller Kledage unter das Auto und um die Lösung dieser Frage bemühten. Von außen war nichts zu sehen. Von unten auch nicht. Nix Abschlepp-Öse.

Ah, die Bedienungsanleitung! Natürlich! Schnell ist die Öse gefunden. Doch wer ist bloß auf diese blöde Idee gekommen, sie im Kofferraum unterzubringen und das Gewinde hinter einer Abdeckung zu verstecken? Es wird dauern, bis ich den Autodesignern wieder verzeihen kann. Ich möchte diese Abneigung nur für die Hersteller des Golfes verstanden wissen. Mein alter Micra nämlich, signalrot, keine Servolenkung, kein Bremskraftverstärker, aber quadratisch, praktisch und trotz deutlicher Rostspuren immer noch schick, der hat eine deutlich sichtbare Abschlepp-Öse! Vorne und hinten! Wobei ich betonen möchte, dass ich immer nur die hintere benutzen musste.

Aber wir wollen uns hier nicht mit Nebensächlichkeiten aufhalten. Autos aneinander gebunden, über Weg und Verhalten kurz verständigt und dann ging es los. Die ersten fünfzehn Kilometer wurden anstandslos bewältigt. Kaum Verkehr auf den von uns gewählten Nebenstraßen, alle Ampeln grün und alles sah danach aus, als ob diese Episode keine Anekdote werden sollte.

Jetzt aber: Baustelle, dicht vor einem viel befahrenen Autobahnkreuz, einspurige Straßenführung, plötzlich einsetzende Rushhour. Vorne ein Lastwagen, hinten einer. *Tatüüüüütataaaa.* Himmel hilf! Der Einsatzwagen fast am Kofferraum des Golfes. Nerven? Weg. Anfahren? Wie denn ohne Nerven? *Tatüüüüütatta.* Die Lastwagenfahrer neben uns schauten aus ihren Chassis herunter wie es Männer eben tun, wenn zwei Frauen Auto fahren. Sie wissen schon.

Irgendwie klappte es dann doch mit dem Anfahren und wir schafften es bis in die nächste Nebenstraße. Das war das Ende. Wir setzten uns nicht mehr in diese Autos, solange sie aneinander gebunden waren. Wir lösten das Abschleppseil und flohen mit dem Micra nach Hause. Den Golf ließen wir am Ort des Grauens mitten in der Prärie zurück.

„Und was wurde jetzt?" möchten Sie wissen. Nun, in der Mitte der Nacht haben wir es noch einmal versucht. Ohne Rushhour. Möchten Sie auch noch wissen, ob Schrottplatz oder nicht? Er ist noch einmal davon gekommen, der Golf. Kühlwasserpumpe defekt.

Glashose
Helga Greger

Neulich machte ich mit meiner Freundin einen Großeinkauf. Unser Einkaufswagen war bis oben hin voll gepackt. Doch mein Auto stand direkt vor der Tür und so brauchten wir den Einkaufswagen nicht weit zu schieben.

Am Fahrradstand neben dem Laden war ein Hund angeleint und beobachtete uns. Er näherte sich unserem Auto, soweit es seine Leine zuließ. Wahrscheinlich roch er unsere Bratwürste. Wir kümmerten uns nicht weiter um ihn.

Plötzlich gab es hinter uns einen lauten Knall. Wir fuhren hoch und sahen einen jungen Mann auf dem Boden liegen. Ganz

31

klar, er war über die Hundeleine gestolpert. Als wir gerade hingehen wollten, um zu fragen, ob er sich vielleicht verletzt hätte, da stand er sehr seltsam auf. Er streckte die Beine steif nach hinten und drückte sich mit den Armen hoch. Erst ab einer bestimmten Höhe zog er langsam ein Knie an und kam etwas ungeschickt in die Senkrechte. Dabei fluchte er fürchterlich. Der Hund wollte an ihm hochspringen, doch das wehrte er verärgert ab.

Was dann aber kam, überraschte uns doch sehr. Mit einer Hand hielt er sich den Hosenbund auf, mit der anderen fuhr er in seine Hose und holte lauter Scherben ans Tageslicht, die er wütend wegschleuderte. Inzwischen war auch seine Hose verräterisch nass und ein starker Alkoholgeruch umwehte die Szene.

Was sagt uns das? Kleine Sünden ... na ja, Sie wissen schon.

Dame mit Hut
Marianne Reiß

Es liegt an dem Hut. Schwarz, breitkrempig und mit kleinen Strass-Steinen minimal besetzt. Wann immer ich dieses Teil an die Luft führe, passieren die absonderlichsten Geschichten. Diese fängt damit an, dass mein Zug in Dresden siebzig Minuten Verspätung hat. In Berlin ist natürlich der Anschlusszug weg und nichts geht mehr in Richtung Heimat. Am Servicepoint eine lange, übermüdete und entrüstete Menschenschlange.

Wie gut, wenn man in solchen Situationen eine Handvoll Kinder über die ganze Welt verteilt hat. Bei insgesamt vier erwachsenen Kindern stehen für mich die

Chancen auf eine Übernachtungsmöglichkeit in Berlin ausgesprochen gut.

Ich spare mir die weitere Verzögerung am Servicepoint und nehme ein Taxi, um mich zu meinem Sohn in ein Berliner Studentenheim kutschieren zu lassen. Gemütlich so ein Mercedes. Wobei gemütlich ein sehr schwacher Ausdruck ist für den Eindruck von geballter, mühsam zurückgehaltener Kraft, die sich souverän schnurrend den Weg in die dunkleren Ecken von Berlin bahnt. Sicher und zielorientiert. Von mir aus könnte diese Fahrt ins Unendliche...

Plötzlich ein schnarrendes Geräusch, das Taxi stoppt und liegt mit mir darin irgendwie schräg zur Horizontale. Der Taxifahrer versucht hin und zurück zu setzen. Ich springe aus dem Auto und sage ihm, dass er das besser bleiben lassen soll. Nämlich weil! Das linke Vorderrad hängt über einer Baugrube, das rechte steht gerade noch halb auf der Straße. Die Karosserie auf meiner Seite hat Teer-

Kontakt. Zu zweit überlegen wir, was nun zu tun ist. Wagenheber! Ich versuche halbherzig, das Taxi anzuheben, der Fahrer versucht, den Wagenheber unter die Karosserie zu schieben. Natürlich funktioniert das nicht.

Was jetzt? Es ist mitten in der Nacht in einer wie ausgestorben wirkenden Metropole. Ich finde ja, dass die Berliner ein bisschen früh schlafen gehen. Das hätte ich wirklich nicht von denen gedacht. Schnarchnasen! Bevor ich dieses Vorurteil jedoch hirnmäßig verankern kann, taucht wie aus dem Nichts ein junger Jogger auf. Na gut, die Berliner sind keine Schnarchnasen. Da ist ja noch mindestens einer wach.

Die zwei Männer überlegen, was zu tun ist. Sie wollen gemeinsam das Taxi vorne anheben. Jetzt schalte ich mich ein: "Ich setze mich ans Steuer und fahre rückwärts." Dem Taxifahrer klappt die Kinnlade herunter. "Sie können autofahren?!" Als ich gerade anfangen will, mich über diese Frage zu wundern, fällt mir ein, dass ich ja diesen lächerlichen Hut auf dem Kopf habe. Der wirkt in dieser Situation natürlich nicht sehr vertrauenerweckend. Also nehme ich ihn ab und setze mich kurzerhand hinter das Steuer. Der junge Jogger raunt dem Fahrer zu, er möge die Automatik auf Rückwärtsgang schalten und beweist damit, dass er ein echter Frauenkenner ist. Die Männer hieven, ich trete vorsichtig aufs Gas und... nach wenigen Sekunden hat das Taxi wieder Bodenkontakt. Ich steige auf die Bremse, das Taxi steht wie eine Eiche. Der Fahrer schreit dennoch:"STOPP!" Der Jogger ruft: "Die Bremse ist wie bei Ihrem Auto!" Ja, ja...nur die Ruhe, alles im grünen Bereich. Nachdem die Aufregung verflogen ist, sonne ich mich in der Bewunderung von zwei männlichen Augenpaaren.

Dann sind es nur noch wenige Straßenecken bis zu meinem Sohn. Der Fahrer hat sich wieder gefangen und beweist seinen Berliner Witz mit der Aussage, er wäre heilfroh, dass gerade ich mit ihm gefahren sei. Er wolle sich lieber nicht vorstellen, was passiert wäre, wenn er eine Dame mit Hut in die Grube kutschiert hätte.

Der Rest der Geschichte ist unspektakulär. Ich habe meine Heimreise mit dem nächsten Morgenzug ohne weitere Zwischenfälle tätigen können. Trotz Hut. Aber man darf von diesem Teil auch nicht zu viel erwarten.

Die Welt ist ein Dorf
Bernd Uhde

Vor etwa zwanzig Jahren haben wir beschlossen, bequem zu werden. Meine Frau und ich meinten, dass uns nach etwa dreißig Jahren gemeinsamer Camping-Urlaube ein festes Dach über dem Kopf auch im Sommer sehr gut täte. Wir überlegten, wälzten Kataloge, fragten Freunde und Verwandte und entschieden uns letztlich für einen Griechenland-Aufenthalt in einem *Robinson-Club*. Als unsere jüngere Tochter das hörte, war sie begeistert. Sie kam alleine mit, weil die ältere Schwester gerade in den USA im Schüleraustausch war.

Kurz vor unserer Abreise fiel mir eine Bausparkassen-Zeitschrift in die Hände, in der Ferienwohnungen und -häuser in Griechenland angeboten wurden. Eine Anzeige weckte besonders mein Interesse: Idyllisches Ferienhaus, südlicher Peloponnes, nicht weit zum Meer und zur nächsten Stadt und vor allem günstiger Preis. Ich rief den Verkäufer an. Dieser teilte mir die Adresse mit und meinte, wenn wir schon mal in der Nähe seien, könnten wir uns das Haus ja auch ansehen. Freunde von ihm seien gerade dort und er würde sie informieren, dass wir kämen.

Und so geschah es. Wir fuhren von unserem *Robinson-Club* aus in die Nähe von Kalamata, fanden Ort und Straße und einen roten Passat mit Braunschweiger Kennzeichen vor dem Haus. Die Spannung stieg. Ein Ehepaar, etwa in unserem Alter, empfing uns und wir kamen ins Gespräch. „Ach, Sie kommen auch aus Braunschweig? Woher denn?" „Was? Aus Rühme?" „Ja," sagte meine Frau, „da habe ich früher mit meinen Eltern gewohnt. Und wo haben Sie gewohnt?" „In der Osterbergstraße und wir wohnen immer noch im selben Haus. Wie hießen Sie denn damals?" „Mein Mädchenname war Stübner," antwortete meine Frau. „Na, das ist ja ein Ding. Von Ihren Eltern haben meine Eltern ihren ersten Dackel gekauft." Auf der Rückfahrt zu unserem Clubhotel meinte unsere Tochter, „Ihr trefft aber auch überall irgend jemanden, den Ihr kennt." Ein paar Tage zuvor war ich nämlich beim Frühstück zufälligerweise einem Berufskollegen aus Gifhorn begegnet.

Das Haus haben wir übrigens nicht gekauft. Der Standard war nicht besser als der auf dem Campingplatz. Und die direkte Flugverbindung von Hannover nach Kalamata wurde im folgenden Jahr auch eingestellt. Aber jetzt, wenn ich mit dem Fahrrad in die Stadt fahre, fahre ich immer über die Osterbergstraße und man mag es kaum glauben: der rote Passat mit immer noch demselben Kennzeichen steht noch immer vor dem Wohnhaus.

Reisen bildet
Marianne Reiß

Dass der Sommer zu Ende geht, merkt man immer zuerst daran, dass sich die Telefonanrufe häufen von Menschen, die nach dem ersten Hallo mit *ich war auf* oder *ich war in* fortsetzen. Irgendwie gleichen sich diese Anrufe, egal von welcher Ecke unserer schönen Welt der Anrufer gerade zurückkehrt. Dieser Anrufer hier war gerade von Sizilien zurückgekehrt.

Vor meinem geistigen Auge entfalten sich sanft abfallende Berghänge, abgelöst von steil abfallenden Klippen, an denen das Meer hochschäumt. Rosmarin kriecht mäandernd die Hänge hinauf. Ich ahne einen Duft von bitterer Süße, gemischt mit Thymian, Fenchel und wil-

43

dem Oregano. Ich sehe Mauern aus schweren, grobschlächtigen Steinen, an denen die Sonne zurückprallt und die Haut wärmt bis ins Innerste. Häuser sind in die Landschaft geschmiegt, als wären sie aus der Erde selbst gewachsen. Ich höre, wie Zikaden ihre Seele in den flirrenden Himmel zirpen, gehe über Sandwege mit den gewundenen Spuren derer, die sie dort hinterlassen haben, begegne Eselskarren und klappernden Blechautos. Ich war noch niemals auf Sizilien.

„Oh, schön! Du warst auf Sizilien!" Ja, der Flug dahin sei spottbillig gewesen, man müsse nur für das Schnäppchen rechtzeitig auf dieser oder jener Seite googeln. Sonne satt, nur einen Tag Regen. Bei den Nachbarn sei er zu einem richtigen sizilianischem Buffet eingeladen gewesen. Also, das könne ich mir nicht vorstellen, die haben da einen bestimmten Kuchen, den man übrigens auch hier bei der Metro kaufen kann. Und es sei nicht zu glauben, was die da alles aufgefahren hätten. Das konnte gar nicht alles aufgegessen werden. Ja, die Sizilianer haben es drauf. Sa-gen-haft. Aha. Was kann man als höflicher Zuhörer jetzt noch fragen? „Wie war denn der Kaffee?" Also da könnten die Sizilianer noch etwas von uns lernen. Dachte ich es mir doch!

Ich weiß nicht, warum mir ausgerechnet bei diesen und ähnlichen Telefonaten mein erster Schulaufsatz einfällt. Thema: Was hast Du in den Ferien erlebt? Es war furchtbar. Wir hatten einen großen Garten. Ich hatte in den Ferien bei der Bohnenernte geholfen und rein gar nichts erlebt. Gaaaar nichts. Und so kam es zum Eklat. Ich saß schwitzend vor einem Blatt so groß wie ein Fußballfeld und schrieb, nachdem ich eine Stunde angestrengt nachgedacht hatte, diesen Satz: „Die Ferien waren schön, der Sommer war warm und die Bohnen sind eingeweckt." Ich bin nicht bereit, Ihnen zu verraten, was es dafür für eine Zensur gegeben hat. Ich schäme mich noch heute furchtbar. Und meine armen Eltern erst. Doch heute denke ich bei den Telefonaten von Rückkehrern oft an diesen mühseligen Anfang meiner journalistischen Karriere. Damals schien sie vorbei zu sein, lange bevor sie begonnen hatte. Aber irgendwie denke ich heute: „So schlecht war der gar nicht, der Aufsatz."

Heute, viele Jahre später, fällt mir auf, dass auch der Anbau von Bohnen reichlich Erzählstoff hätte liefern können. Ich erinnere mich an unseren damaligen heldenhaften Kampf gegen die gefräßigen Schnecken. Nicht zu vergessen meine Begegnung mit der Schwarzen Bohnenblattlaus. Ja, das wäre es gewesen. Warum ist mir das damals bloß nicht eingefallen? Eines Tages werde ich vielleicht diesen Aufsatz noch einmal schreiben, sozusagen posthum. Bis dahin werde ich aber wohl mit dieser schmählichen Erfahrung leben müssen.

Reden ist Gold
Helga Greger

Vor einigen Jahren war ich mit meinem Reisefreund Ernst in Griechenland. Wir flogen nach Athen, mieteten ein Auto und fuhren einfach los. Vierzehn Tage wollten wir unterwegs sein.

Wir machten eine Rundfahrt durch den Süden Griechenlands und besichtigten viele Stätten der alten Griechen. Als letztes hatten wir uns die Tempel von Kap Sounion vorgenommen. Von einer früheren Fahrt durch Griechenland wusste ich, dass man, um Kap Sounion zu erreichen, von Athen aus die Straße am Flughafen vorbei nimmt und dann direkt auf das Kap stößt. Das war sehr praktisch, wir mussten nicht lange suchen, der Flugha-

47

fen war ja immer gut ausgeschildert. Wir fuhren also Richtung Flughafen und fuhren und fuhren. Auf einmal gab es keine Schilder zum Flughafen mehr und wir fanden die Orte, durch die wir fuhren, nicht auf unserer Karte. Wir hätten auch längst da sein müssen, so weit von Athen war es doch gar nicht. Irgendetwas stimmte nicht.

Im nächsten Dorf baten wir einen Passanten um Hilfe. Er guckte auf unsere Karte und zeigte uns, wo wir waren. Zu unserer großen Überraschung waren wir nicht nach Süden, sondern nach Westen gefahren. Da waren wir wohl irgendwo falsch abgebogen.

Nach geraumer Zeit gelangten wir dann doch noch nach Kap Sounion und fanden ein Hotel unterhalb der Tempel. Gegen Abend gingen wir den kleinen Berg hinauf, um den Sonnenuntergang hinter den Tempeln zu bewundern. Leider schien die Sonne gerade nicht, aber auch so sind die Tempel sehenswert.

Der Abend endete sehr gemütlich bei einem Glas Wein an der Bar. Die Kellnerin war Schweizerin. Sie erzählte uns, dass sie gerade für die Saison aus der Schweiz gekommen sei und schwärmte von dem neuen Athener Flughafen. Dabei erwähnte sie, dass der alte seit einer Woche geschlossen sei und jetzt nur noch der neue, viel größere genutzt werde. Dieser läge im Westen von Athen und für sie dauere es nun doppelt so lange, nach Kap Sounion zu kommen.

Aha, jetzt wussten wir natürlich, warum wir im Westen gelandet waren, als wir uns nach den Schildern zum Flughafen gerichtet hatten. Nur gut, dass wir mit ihr gesprochen hatten, sonst hätten wir am nächsten Tag unseren Flug verpasst.

Hochzeitsreise mit Hindernissen
Bernd Uhde

Für Hochzeitsreisen bieten sich – wie jeder weiß – die Klassiker Venedig oder Florenz an. Meine damals frisch angetraute Frau und ich hatten diese Ziele jedenfalls vor Jahrzehnten im Blick. Nach Examen im Juni und Heirat im August sollte es losgehen. Zwar nicht wie bei Karel Gott *einmal um die ganze Welt und die Taschen voller Geld*, aber immerhin mit eigenem Auto und Camping-Ausrüstung.

Unser erstes Ziel sollte Florenz sein. Von dort wollten wir nach Pisa, dann an die Westküste und schließlich über Rom und Neapel bis nach Sizilien. Danach wieder aufs Festland zurück und entlang der Adria über Bari, Pescara, San Marino

51

nach Venedig. Das jedenfalls war der Plan. Wir hatten sechs Wochen Zeit und wollten nicht nur flittern, sondern uns auch etwas ansehen. Aber wie so oft im Leben kommt es erstens anders und zweitens als man denkt.

Unser Italienisch war sehr bruchstückhaft. Die Bild-Zeitung als einzige aktuelle Informationsquelle erfreute sich bei uns keiner großen Beliebtheit. So waren wir auf unser Kurzwellen-Radio im Auto angewiesen. Das versorgte uns bereits in Pisa mit ersten beunruhigenden Nachrichten. In Süditalien war eine Cholera-Epidemie ausgebrochen. Es gab Tote und Warnungen, nur noch abgekochtes Wasser zu verwenden. Tags darauf erfuhren wir auch, dass das Zentrum der Cholera im Golf von Neapel lag. Auslöser waren ungeklärte Abwässer, die in das Meer gelangt waren. Badende und Muschelbänke waren infiziert worden.

Nichts mehr mit Capri, Sorrent und Pompeji. Mit einem Schlag war unser schöner

Plan nur noch Makulatur. Wir fuhren bis Rom und dachten, die Deutsche Botschaft werde uns aufklären, wie wir unsere Reise sinnvollerweise fortsetzen könnten. Das war jedoch ein Schlag ins Wasser. Wir wurden von einem subalternen Cerberus durch eine Gittertür auf der Straße abgefertigt. Der Zugang in die Botschaft wurde uns verwehrt als ob wir aussätzig wären. Angst vor terroristischen Anschlägen gab es ja damals noch nicht. Der Türhüter wusste angeblich noch nicht einmal etwas von der Epidemie. Aber er gab uns wenigstens den guten Rat, den ich hier wörtlich wiedergeben möchte: „Gehen Sie am besten zum deutschen Reisebüro am Esquilin. Die wissen sowieso immer besser Bescheid als wir."

Nachdem wir unsere Unterkiefer wieder hochgeklappt hatten, befolgten wir den Rat. Im Reisebüro riet man uns von einer Weiterreise in den Süden Italiens ab. Wir entschieden darauf hin, von Brindisi an der Ostküste nach Griechenland überzusetzen. Wir buchten gleich im Reisebüro und bekamen eines der letzten Tickets, denn das Auto musste ja auch mit hinüber. Alle Kabinen waren bereits belegt, sodass wir die Nacht auf der Fähre im Liegestuhl verbrachten, was ja für Flitterwöchner eher nicht die Regel sein sollte. Die Fortsetzung unserer Reise in Griechenland entschädigte uns allerdings für die voran gegangenen Pleiten und Pannen. Der Urlaub dort wird uns unvergesslich bleiben.

Zurück fuhren wir über das damalige Jugoslawien, bogen in Zagreb kurz entschlossen Richtung Triest ab und landeten schließlich doch noch in Venedig. Wenigsten das Ende unserer Reise entsprach dem Ursprungsplan. Nach Sizilien sind wir übrigens auch noch gekommen, allerdings etwa vierzig Jahre später als geplant.

Kapstadt
Marianne Reiß

Grundsätzlich mag ich Reisen jenseits der eingetretenen Touristen-Trampelpfade. Vor einigen Jahren habe ich gemeinsam mit meiner Freundin Ursel Kapstadt in Südafrika kreuz und quer durchstreift. Wir waren zu Fuß und vermittels der zu Unrecht berüchtigten Sammeltaxen unterwegs, die die weniger bemittelten Einwohner aus und in ihre Townships bringen. Allein das war Anlass für viele nette Erlebnisse.

Natürlich mieden wir die Nebenstraßen, in denen nicht alle fünf Meter ein Wachmann stand. Überhaupt ist diese Stadt bis an die Zähne bewaffnet und alarmgesichert. Die Touristen in Kapstadt scheinen das zu goutieren. Sie bleiben offenbar gerne in ihren Hochsicherheitshotels und bewegen sich nur unter schwerer Bewachung in das öffentliche Leben. Das traf auf meine Freundin und mich nicht zu. Wir ließen Alarmsicherungen und bewaffnete Hotelaufseher hinter uns und stürzten uns ins wilde Leben.

Klar haben wir auch dieses neue Stadion gesehen. Rund herum wurden für die Fußball-Weltmeisterschaft gerade die Gehwege mit Platten verlegt. Aber wir sind noch mit unseren Highheels mitten durch den Matsch getrippelt. Auf dem Tafelberg waren wir natürlich auch. Bis zur Hälfte. Ursel fand, das gehöre sich so, wenn man Kapstadt besucht. Die Gondeln nach ganz oben waren an diesem Tag wegen Sturmes geschlossen und keine Macht der Welt würde mich dazu bringen, selbst auf einen Berg zu klettern. Auf dem Brocken war ich schließlich auch noch nicht und habe es in diesem Leben auch nicht mehr vor.

Ein Erlebnis der besonderen Art war Ursels kaputter Lieblingsschuh. Sie wollte ihn wegwerfen. Aber nicht doch. In Cape Town wird es doch wohl einen *shoemaker* geben. Wir strichen kreuz und quer durch die Stadt, fragten hier, radebrechten dort und landeten schließlich in der Holländischen Botschaft. Ein bulliger Portier hörte sich wortlos unsere Geschichte an. Ich stellte den lädierten Schuh auf seinen Tisch, um damit kundzutun, dass hier Gefahr im Verzug war. Plötzlich waren wir von vielen Botschaftsangehörigen umringt, die durcheinander schrien, was wir nicht verstanden. Nur, dass sie über einen *shoemaker* diskutierten, da waren wir ziemlich sicher. Die Leute streckten die Arme in alle möglichen Richtungen und stritten offenbar trefflich über das Problem.

Schließlich bedeutete der Portier uns, ihm vor die Tür zu folgen. Er wies in Richtung des Bo Carb-Viertels und meinte, dort würden *we find a man, who could repair the shoe.* Wir *straight ahead* dorthin und tatsächlich. Wir standen plötzlich in einem klitzekleinen Laden, dessen Wände mit getragenen Schuhen bedeckt waren und von dessen Decke beeindruckende Lederhäute hingen. Der *shoemaker*, ein kleiner zarter Inder, hieß uns setzen und abzuwarten, bis er die übrigen Besucher bedient hatte. Dann kam er zur Ursel, kniete vor ihr nieder und betrachtete den Schuh. „There`s nothing I can do for you," sagte er bedauernd, als er das fossile Teil in der Hand wog. Ich flehte ihn an: „Oh please Sir, it´s her most beloved shoe! Please do, what you can." Da packte ihn der Ehrgeiz. „First it needs a little bit refreshing," grinste er und versprach, das Problem innerhalb der nächsten drei Stunden in den Griff zu bekommen. Als wir die Schuhe zur vereinbarten Zeit abholten, staunten wir nicht schlecht. Die sahen aus wie neu!

Überrascht hat mich, dass *Afrikaans* ganz gut zu verstehen ist, jedenfalls, wenn es geschrieben ist. Und klar kam mir neben all den erfreulichen Erlebnissen hin und wieder das kalte Grausen. Ich sah eine ganze *San*-Familie, die auf einer Matratze vor den edel dekorierten Fensterscheiben von *Woolworths* kampierte. Menschen, die aus dem Busch in die Stadt kommen und die so arm sind, dass sie noch nicht einmal einen Platz in den *Townships* haben, trifft man in der Innenstadt eher selten. In Kapstadt selbst sind nur diejenigen unterwegs, die einen Job haben; Aufseher, oder die, die etwas zu verkaufen haben sowie der wachsende Anteil der sehr reichen schwarzen Bevölkerung, die den Spieß jetzt umdreht und weiße Türsteher engagiert.

Ach, habe ich schon erzählt, dass ich am Strand einem *Orca*, sprich Killerwal begegnet bin, der gemütlich vor der Küste dümpelte? Der Mann, der neben mir stand und das Schauspiel betrachtete, sagte "Don`t worry. He`s nice." Also, ich war trotzdem froh, nicht gleichzeitig mit diesem beeindruckenden Tier im eiskalten Wasser gewesen zu sein. Sogar im Hochsommer gehen da nur Surfer in ihren Gummianzügen rein. Das sind dann auch die, die dort hin und wieder gefressen werden, weil sie den auf einem Berg hoch über der Küste sitzenden Wal-Ausrufer überhört haben.

Die kapmalaische Küche habe ich natürlich besonders durchforstet. Tapiokabrot. der Wahnsinn. Dazu Springbock in Schokoladensoße: Wenn man den ersten Schock überwunden hat, schmeckt es ausgezeichnet. Klar habe ich ein Kochbuch mitgebracht. Familie und Freunde haben nach meiner Rückkehr ein kapmalaisches Essen genossen und waren froh, mich wieder in meiner heimischen Küche zu wissen, die jetzt natürlich um einige afrikanische Spezialitäten reicher ist. *Cape Malay Dhall Curry* zum Beispiel. Jetzt möchten Sie wissen, was das ist? Ein Curry aus roten Linsen, gewürzt mit Koriander, Kreuzkümmel, Cayennepfeffer, Curry und Knoblauch. Schon beim Kochen verströmt es den unnachahmlichen Duft von Mama Africa.

Das Weihnachtswunder
Brigitte Haberlandt-Klein

Drei Wochen vor Weihnachten und Mini ist weg. Morgens habe ich sie so gegen vier Uhr hinaus gelassen und bin wieder in mein warmes Bett gekrochen. Um acht Uhr habe ich wie immer nach ihr gerufen. Wer nicht kommt, ist unser kleines, schwarzes, zwei Jahre altes Kätzchen Mini. Sie kommt nicht um acht, sie kommt nicht um neun, sie kommt auch nicht um zehn Uhr. Das frische Futter in ihrem Näpfchen trocknet vor sich hin. Keine Mini weit und breit.

Nachmittags um drei beginne ich, mir ernsthafte Sorgen zu machen. Es ist windig regnerisch und ungemütlich, so gar kein Mini-Wetter. Bei so einem Wetter bevorzugt sie ihren Lieblingsplatz in der Sofa-Ecke. Besonders gerne mit einem voll gefutterten, runden, kleinen Katzenbauch. Die Augen geschlossen und sich genüsslich räkelnd, so hat sie es gerne. Insbesondere, wenn Frauchen oder Herrchen gelegentlich vorbei kommen und sie kraulen. Aber jetzt, gähnende Leere. Kein Kätzchen und keine Reaktion auf mein Rufen und Pfeifen. Mein Mann, der Katzenvater, ist natürlich nicht da. Er ist auf einer Dienstreise im Ausland. Wie das so ist mit Männern in Krisen.

Meine Unruhe steigt stündlich. Mittlerweile habe ich draußen alle bekannten Plätze, auf denen sich Mini gerne aufhält, abgelaufen. Einmal, zweimal, dreimal. Alle Straßengräben in der Nachbarschaft sind abgesucht und es geht auf 21 Uhr zu. Keine Katze weit und breit.

Es wird Nacht. Ich stelle Futter und Wasser auf die Terrasse und schlafe auf dem Sofa. Mit Unterbrechungen, immer wieder schrecke ich hoch und rufe nach ihr. Alles umsonst. Mini kommt nicht.

Am Tag darauf wird mein Sohn eingeschaltet, der mit mir gemeinsam sucht und mir dabei hilft, Suchplakate mit einem Foto von unserem Kätzchen zu drucken und an allen Laternenmasten im näheren und weiterer Umfeld aufzuhängen. Ich klingele an den Türen aller Nachbarn und bin überrascht von den hilfsbereiten Zusagen, die Augen offen zu halten und Bescheid zu sagen, falls das Kätzchen gesehen wird. Die meisten kennen Mini von ihren Streifzügen in den Gärten der Nachbarschaft und erinnern sich an sie. Wie tröstlich ...

Eine ganze Woche vergeht. Mini ist und bleibt verschwunden. Mittlerweile ist mein Mann, der Katzenvater, wieder zu Hause und die Suche wird ausgeweitet und optimiert. Dreimal erhalten wir Anrufe von freundlichen Mitmenschen, die glauben, sie gesehen zu haben. Alle Spuren führen zwar zu Katzen, aber leider nicht zu unserer Mini. Mein Mann übernimmt die Nachtschichten auf dem Sofa mit heraufgezogener Jalousie und der Hoffnung, dass sie nach Hause findet. Nach mehr als zehn Tagen beginnt unsere Zuversicht zu schwinden. Es hat geschneit und nachts ist es bitter kalt. Wir sind sicher, wenn sie jetzt irgendwo verletzt liegt, dann wird sie das nicht überleben. Diese Befürchtung wird immer mehr zur Gewissheit, obwohl wir darüber nicht sprechen. Die Vorstellung, dieses freundliche, hübsche Geschöpf, das uns so viel Freude gemacht hat und eine so liebenswerte Hausgenossin war, verloren zu haben, macht uns großen Kummer. Die Ungewissheit, was mit ihr geschehen ist, treibt uns um.

Nach vierzehn Tagen sitzen mein Mann und ich traurig beim Frühstück. Ich bin wie schon in den letzten zwei Wochen nah am Wasser gebaut und schniefe vor mich hin. Mein Mann versteckt seine Betroffenheit hinter der Zeitung. Ohne Hoffnung gucke ich in diesem Moment aus dem Terrassenfenster und ...was ist das? Ob ich wohl vor lauter Kummer Halluzinationen habe? Vor der Tür sitzt Mini und guckt mich unverwandt an. Ich kneife die Augen zu. Das kann nicht sein! Und doch, es ist wahr. Da sitzt sie, etwas dünner, aber sonst quietschfidel, gesund und munter. Sekunden später liegen wir auf dem Fußboden und begrüßen begeistert unsere kleine Heimkehrerin. Sie ist offensichtlich mindestens so froh, uns zu sehen, wie wir beglückt sind, sie wieder bei uns zu haben. Was für ein Glück! Jetzt kann es Weihnachten werden.

Der lange Atem des Krieges
Bernd Uhde

Wer kennt das nicht aus seiner Kindheit? Kaffeetrinken bei den Großeltern am Sonntagnachmittag und Opa erzählt vom Krieg. So ähnlich muss es bei meinen Enkeln gewesen sein, als sie bei meinen Eltern, also ihren Urgroßeltern, waren. Aber mein Vater fing nicht etwa aus eigenem Antrieb an. Unser damals achtjähriger Enkel fragte: „Opa, wie war das denn im Krieg? Du warst doch dabei." Und mein Vater erzählte die Geschichte, die mein Bruder und ich schon x-mal gehört hatten.

Mein Vater war im 2. Weltkrieg bei der Marine. Im April 1945 war es damit vorbei. Die Matrosen wurden zu Infanteristen und sollten von der Ostsee zum letzten Gefecht um Berlin nach dort marschieren. Mehrere Matrosen von anderen Schiffen trafen sich und machten sich auf den Weg. Sie kamen bis zur Elbe bei Dömitz. Dort waren am Ostufer bereits die Rote Armee und am Westufer die US-Amerikaner. Die Russen trieben die deutschen Soldaten in einem provisorischen Lager zusammen, von wo aus sie einige Tage später nach Sibirien gebracht werden sollten. Im Lager traf mein Vater drei flüchtige Bekannte aus Kindertagen aus seiner Heimatstadt Thale am Harz. Man überlegte lange, denn nach Sibirien wollte keiner. Einer der vier sagte: „Ich schlage mich durch, aber ich gehe allein. Ich schaffe das dann besser." Er verließ die Gruppe. Die anderen drei überlegten und meinten: „ Na ja, vielleicht können wir ja über die Elbe zu den Amerikanern übersetzen. Da geht's uns auf jeden Fall besser als bei den Russen."

Einer schlich sich bei Dunkelheit ans Ufer und fand ein altes Boot und zwei

Ruder. Als er zurückkam und davon berichtete, war die Gruppe der Fluchtbereiten schon auf etwa zehn bis zwölf Leute angewachsen. Sie machten sich bei Dämmerung auf den Weg, fanden das Boot, aber es passten nur sechs Leute hinein. Die anderen mussten ins Wasser und sich an das Boot hängen. Dann wurde gerudert. Unbehelligt erreichten sie das Westufer. Dort trennte man sich, weil jeder so schnell wie möglich nach Hause wollte. Die drei Thalenser blieben zusammen, fanden eine Scheune, wo sie sich zunächst ausschlafen und Kraft schöpfen wollten.

Am nächsten Morgen wurden sie unsanft von einigen Amerikanern geweckt und zu einer Gruppe anderer deutscher Soldaten gebracht, die ebenfalls in einer Art provisorischem Lager untergebracht waren. Dort waren auch russische Offiziere, die mit einigen Soldaten über die Elbe gekommen waren, wahrscheinlich, weil sie etwas mit den Amerikanern zu beraten hatten. Einer der russischen Soldaten sah, dass Bernhard aus der Thalenser Gruppe noch gut erhaltene Stiefel trug. Er befahl ihm, diese auszuziehen. Aber glücklicherweise kam in diesem Moment ein amerikanischer Sergeant vorbei, stauchte den Russen zusammen und schickte ihn weg. Die Stiefel waren gerettet.

Die Russen fuhren zurück über die Elbe. Ein paar Tage später wurden die Amerikaner von den Engländern abgelöst und entließen die deutschen Gefangenen. Der Krieg war zu Ende. Die Deutschen sollten nach Hause gehen und das im wörtlichen Sinn. Wochen später kam mein Vater bei seinen Eltern an, die ihn schon in Sibirien gewähnt hatten. Der vierte Thalenser hatte es nämlich auch geschafft und war eher zu Hause gewesen als mein Vater und seine beiden Kameraden. Er hatte meine Großeltern aufgesucht und erklärt, dass ihr Sohn zwar lebe, aber in russische Kriegsgefangenschaft geraten sei. Von der geglückten Flucht über die Elbe hatte er nichts mehr mitbekommen.

Als meine Frau und ich einige Zeit später meine Eltern besuchten, erzählten sie uns, mit welchem Interesse unser achtjähriger Enkel zugehört und nachgefragt hätte. Nahezu beiläufig erwähnte mein Vater die Namen seiner beiden Thalenser Mitflüchtlinge. Meine Frau spitzte die Ohren und berichtete von einer Kollegin, die so hieße wie einer der beiden. So häufig sei doch der Name nicht.

Kurz entschlossen rief sie die Kollegin an und erfuhr, dass sie gerade mit ihrem Mann auf dem Weg nach Amberg bei Nürnberg zu ihren Schwiegereltern sei. Der Vater ihres Mannes heiße Bernhard, stamme aus Thale und hatte ihnen oft die gleiche Geschichte von der geglückten Flucht über die Elbe erzählt. Wir haben uns später getroffen und gegenseitig die uns mit geringen Abweichungen jeweils bekannten Versionen unserer Väter ergänzen können. Welch erstaunliche Geschichten doch das Leben so schreibt.

Deutsche Bahn
Marianne Reiß

Über die Deutsche Bahn mag man denken, was man will. Etwas Positives kann man ihr allerdings nicht absprechen: Sie ist immer wieder gut für Geschichten, die das Leben schreibt. Und so bleibt für alle Geschichtenschreiber und solche, die gerne Geschichten hören, die berechtigte Hoffnung, dass bei der Bahn alles so bleibt wie es ist und dass uns dieses Füllhorn an Pleiten, Pech und Pannen weiterhin gut gefüllt bleibe. Jetzt greife ich einfach einmal wahllos in diese Kiste und ziehe eine Geschichte heraus, die ich selbst unlängst erleben durfte.

Ich wollte es ruhig angehen lassen und habe für meine Reise nach Bremen einen durchgehenden Intercity gewählt. Da brauche ich mir keine Sorgen machen, ob ich alle Anschlusszüge erreiche, was ja auch in der Regel eher unwahrscheinlich ist. Auf den ersten Kilometern geht alles gut. Aber dann. Kurz vor Hannover steht der Zug still. Mitten in der Prärie. Licht aus, Heizung aus. Hektik im Zugführerhaus. Das kann ich gut beobachten, weil ich ganz vorne im ersten Wagen sitze. Tür auf, Zugbegleiter rein, Tür zu. Durchsage: "Verehrte Reisende, wir halten außerplanmäßig wegen eines technischen Problems."

Ein Blick durch das Fenster zeigt, dass wir vor einem geschlossenen Bahnübergang halten. Die zweite Zugbegleiterin hastet an mir vorbei zum Zugführerhaus. Zugführertür auf, Zugbegleiterin rein, Tür zu. Allmählich frage ich mich, wie viele Leute da vorne eigentlich hineinpassen. Es vergehen zwanzig Minuten. Die Autoschlange vor dem Bahnübergang wächst. Durchsage: "Verehrte Reisende, unser Zugführer verlässt jetzt den Zug, um das Problem zu beheben." Zugführertür auf, Zugführer raus, Tür zu. Jetzt folgen fünf bange Minuten Warten in einem führerlosen Zug. Das erinnert mich an einen spektakulären Eisenbahnunfall, der sich am 22. Oktober 1895 im Kopfbahnhof Montparnasse in Paris ereignete. Sie kennen bestimmt dieses spektakuläre Foto. Der Zug von Granville nach Paris kam nicht wie vorgesehen am Ende des Gleises zum Stehen, sondern überfuhr nach dem Prellbock den Bahnsteig und durchbrach die Wand des Bahnhofsgebäudes. Dazu gab es doch auch einen Film?

Bevor ich mir jedoch weiter Sorgen machen kann, kommt der Zugführer in das Abteil zurück. Zugführertür auf, Zugführer rein, Tür zu. Die Spannung steigt. Licht an, Heizung auch. Anfahrgeräusche. Der Zug bewegt sich um zwei Zentimeter in Richtung Hannover. Licht aus. Heizung aus, Stillstand. Hektik im Zugführerhaus. Keiner kommt raus oder geht rein. Das sieht nicht gut aus. Jetzt kommt die Durchsage, welche Anschlusszüge in Hannover leider nicht erreicht werden. Auf Deutsch und Englisch. Das hätten sie – um Strom zu sparen – kürzer halten können. Sie hätten nur *alle Züge* sagen müssen. Doch dann und völlig unerwartet: Licht an, Heizung an, Anfahrgeräusche. Erst ruckelnd und dann *full speed* weiter bis Hannover. Die Zugbegleiter kommen vorsichtshalber nicht aus dem Führerhaus. Wahrscheinlich rechnen sie mit dem Schlimmsten.

In Hannover füllt sich der Zug mit weiteren Reisenden. Die Fahrt geht weiter. Doch dann: Poggenpohl. Bahnübergang, geschlossene Schranke, wartende Autos davor. Unser Intercity schleicht sich zögerlich heran, scheut wie ein Wallach vor einer bedrohlich hohen Hecke. Stillstand. Licht aus, Heizung aus. Keine Ansage. Zugführertür geht nicht auf, die Mannschaft ist ja auch noch drin.

Einige Reisende beginnen damit, ihrem Ärger Luft zu machen. Die Autoschlange vor der Schranke wächst. Ihr Ende verschwindet hinter dem Horizont. Durchsage: "Verehrte Reisende, unser Zug hält wegen eines technischen Problems außerplanmäßig in Poggenpohl. Unser Zugführer wird das Problem in Kürze behoben haben." Nur die Ruhe, hat er doch vorhin schon einmal geschafft. Diesmal verlässt er nicht den Zug. Das sieht nicht gut aus. Hat er etwa aufgegeben? Durchsage: "Verehrte Reisende, das technische Problem ist nicht zu beheben. Wir....kruschel kruschel ... den Zug ... verlassen. Sie werden...krcks kruschel... auf Bahnsteig 2 ...krks." Wie? Jetzt geht die Zugführertür auf. Die Zugbegleiter kommen heraus und bestätigen, dass der Zug evakuiert werden muss. Der folgende Regionalzug werde uns alle aufnehmen.

Oh, das sind jetzt aber viele, die in den Folgezug umsteigen müssen. Auf dem Kleinstbahnsteig von Poggenpohl wälzt sich eine lange Schlange mit Koffern, Rucksäcken und Kisten zum gegenüberliegenden Bahnsteig. Dazu müssen wir natürlich durch Blumenrabatten stapfen und die Gleise überqueren. Gott sei Dank ist der Gegenzug gerade durch. Und dann drängelt sich eine Anzahl von Reisenden auf den Bahnsteig von Poggenpohl, die dieser kleine Ort wahrscheinlich noch nie erlebt hat. Klaro ist der Bahnsteig nicht lang genug. Doch alle Achtung, keine Panik unter den Reisenden. Einige schimpfen leise, andere lachen, wieder andere stimmen die *Wise-Guys*-Hymne über die Deutsche Bahn an. Ich gehöre zu letzteren und singe aus voller Brust mit. Die Sonne scheint, es weht nur ein leises Lüftchen. Und das mitten im Dezember. Die Raucher sind froh. Es dauert nicht lange, unsere Rettungs-Bahn fährt auf Gleis 2 ein.

Die Menschenmasse quillt in den viel zu kleinen Regionalzug. Indische Verhältnisse. Ich erwische wider Erwarten einen Sitzplatz. Der Mann gegenüber stöhnt: "Ich bin schon seit sechs Stunden von Franken her unterwegs. Hatte in Hannover schon meinen Anschlusszug verpasst und wenn Sie jetzt einen miesen Spruch machen, dann dürfen Sie hier nicht sitzen bleiben." "Wie gefällt Ihnen das," antworte ich, "das Wetter ist wie geschaffen für so eine Misere. Will heißen: Das Universum hat uns alle lieb. Es lässt uns in praller Sonne scheitern. Ist das nicht ein wunderbares Geschenk?" Das gefällt ihm, ich darf sitzen bleiben und er holt sein fränkisches Wurstbrötchen heraus. In Bremen sind wir dann zwei Stunden später als von den Fahrplan-Machern gedacht. Und dafür, dass ich jetzt um eine Geschichte reicher bin, ist das wirklich nur ein Wimpernschlag mitten in der Ewigkeit.

Niagarafall in Braunschweig
Helmut Priedigkeit

Sie kennen vielleicht den Spruch: „Wasser ist Leben" und vielleicht auch den: „Frauen sind die besseren Diplomaten". Wenn beides zusammen kommt, also Frau und Wasser, kann das fatale Folgen haben, wie diese Geschichte beweist.

Im letzten Jahr fuhren meine Frau und ich nach Riva an den Gardasee. Es war eine Busreise. Wir sind ja nicht mehr so ganz jung und das ist eben recht bequem. Das Hotel war komfortabel, das Wetter strahlend, es war einfach herrlich – zumindest für einen Tag. Am zweiten Tag, wir waren gerade mit unseren Leih-Fahrrädern unterwegs, klingelte mein Handy. Mein Nachbar Klaus teilte mir mit, dass sein Keller unter Wasser stehe. Als ich ihm mein Bedauern ausdrückte, kam der Nachsatz: „Dein Keller übrigens auch, denn das Wasser kommt von dort." Unsere Urlaubsfreude schlug in Panik um.

Was war geschehen? Kurz vor unserer Abreise hatte meine Frau, die für den Garten zuständig ist, den neuen Rollrasen gesprengt. Dazu benutzt sie immer einen Schlauch mit einer Handspritze. Nach getaner Arbeit hatte sie das Ventil an der Handspritze abgestellt, allerdings nicht den Außenwasserhahn. Der befindet sich direkt neben dem Kellerfenster.

Der Schlauch hielt schließlich dem Wasserdruck nicht mehr stand und platzte ab. Das Wasser konnte sich zwei Tage lang ungehindert in unser natürlich geöffnetes Kellerfenster ergießen. Klaus hatte einen Schlüssel für unser Haus und stellte fest, dass das Wasser zwei Hand breit hoch in unserem Keller stand.

Nun muss man wissen, dass unser Keller nicht einfach nur ein Keller ist. Wir haben einen Raum so richtig wohnlich eingerichtet, mit Schränken, Teppichen und einem Schlafsofa. Das benutze ich, wenn meine Frau und ich uns hin und wieder über Zuständigkeiten in unserem Alltag nicht einigen können, z.B. über die Müll- oder Abwaschfrage. Kurz gesagt, ich wohne schon öfter im Keller und er enthält viele für Männer wichtige Dinge.

Klaus meinte, er bekäme das in den Griff und wir sollten schön weiter Urlaub machen. Konnten wir natürlich nicht. Klaus ist zwar sehr hilfsbereit, aber schon über achtzig. Also mussten wir schnellstmöglich die Heimreise organisieren. Nun waren wir pauschal nach Italien rein und mussten individuell wieder raus. Ich schaffte es tatsächlich, ein Handy-Ticket für die Bahn zu buchen. Meine Frau war sehr stolz auf mich. Die Bahn verkehrte allerdings erst ab Rovereto, etwa eine Busstunde nördlich von Riva. Der freundliche junge Mann an der Rezeption unseres Hotels empfahl mir in fließendem Italienisch irgendetwas mit Bus und Bahnhof. Man kommt allerdings in Italien mit dem großen Latinum nicht sehr weit. So verstand ich, ich solle ein Taxi bis zum ziemlich weit entfernten Busbahnhof Riva und dann den Bus nehmen. Das taten wir, erwischten gerade noch den Bus nach Rovereto und waren überrascht, dass dieser Bus auf seiner Fahrt an der Haltestelle direkt vor unserem Hotel hielt. Die Taxifahrt zum Busbahnhof hätten wir uns sparen können.

Das sollte aber nicht die einzige Überraschung auf unserer Rückreise sein. Es folgte das immer wieder neue Abenteuer Bahn. Die italienische Eisenbahn genießt ja einen besonderen Ruf. Zu unserem Erstaunen war der Euro-City nach München in Rovereto pünktlich und wir kamen ebenso pünktlich in München an. Von dort sollte es mit einem ICE weiter nach Braunschweig gehen. Der Zug stand tatsächlich schon auf Gleis 18. Na bitte, die Deutsche Bahn ist ja weltweit für ihre

Professionalität berühmt. Der Zug war allerdings verschlossen. Nach etwa 40 Minuten Wartezeit kam die Durchsage, dieser Zug sei leider defekt, es gäbe einen Ersatzzug auf Gleis 2, der in Kürze abfahren sollte. Wer den Münchener Hauptbahnhof kennt, kann sich vorstellen, dass nun ein Gerenne über mehrere hundert Meter begann. Wir hatten endlich erschöpft Sitzplätze in diesem aus der Gründerzeit der Deutschen Bahn stammenden Ersatzzug ergattert und wähnten uns schon bald zuhause. Allerdings verzögerte sich die Abfahrt auch dieses Zuges nicht nur, sie fiel aus.

Die Durchsagen der Bahn sind nicht gerade geprägt von Originalität. Den Klassiker mit der Störung im Betriebsablauf kennt jeder. Im Laufe der nächsten Stunde genossen wir mehrfach den neuesten Hit: „Die Abfahrt dieses Zuges kann leider noch nicht erfolgen, da der Lokführer noch immer nicht im Besitz des Fahrplanes ist." Wir ließen den Lokführer ohne seinen Fahrplan allein und nahmen den zwei Stunden späteren planmäßigen Zug, mit dem wir dann den Anschluss in Göttingen verpassten. Nun ja, fahren wir eben weiter bis Hannover. Den Anschluss in Hannover sahen wir nur von hinten. Wie auch immer, was lange währt, wird auch mal gut. Mit einbrechender Dunkelheit erreichten wir schließlich unser feuchtes Heim.

Das Ausmaß des Chaos sahen wir am nächsten Morgen. Klaus hatte mit unserem Freund Willi fast den ganzen Keller ausgeräumt und den Inhalt in unserem Garten zum Trocknen verteilt. Das Wasser hatten sie durch eine Firma abpumpen lassen, die mit fünf Fachkräften mit jeweils einem Stundenlohn von 68 Euro mehrere Stunden dazu gebraucht hatte. Wir, also meine Frau und ich, hatten Bücher, Akten und Erinnerungen in Kartons gelagert. Die waren nun alle hin, ebenso wie Möbel, Elektrogeräte und Teppiche. Meine Frau bedauerte besonders den Verlust von alten Liebesbriefen, die nicht von mir stammten.

Die tags darauf herein gewuchteten Trockner liefen mehrere Wochen, der Gutachter der Versicherung war sehr mitfühlend – er ist auch glücklich verheiratet – und bescheinigte uns einen Schaden mit mehreren Nullen vor dem Komma. Die Versicherung zahlte zufriedenstellend. Nun haben wir den Keller wieder hübsch eingerichtet. Ich habe auch ein neues Schlafsofa im Keller, darf aber erst einmal wieder oben wohnen.

Lasst Blumen sprechen
Brigitte Haberlandt-Klein

Das war so Ende April, Anfang Mai. Ich hatte morgens um sieben einen Termin bei meinem Arzt. Es war ein unangenehm trüber, regnerischer Tag und eigentlich wäre ich lieber in meinem warmen Bett geblieben. Als ich in der Praxis fertig war, ging ich missmutig die Straße entlang und kam an einem Blumengeschäft vorbei. In der Auslage gab es dicke Sträuße mit roten und gelben Tulpen. Diese Farborgie besserte meine Laune schlagartig. Davon musste ich mir natürlich welche mitnehmen, das würde mir den Frühling ins Haus holen.

Ich betrat den Laden. Vor mir wurde eine junge Frau bedient. Ich achtete nicht auf sie und schaute mich im Laden um. Nachdem die junge Kundin den Laden verlassen hatte, wandte sich die Verkäuferin mir zu. „Sagen Sie," meinte sie mit polnischem Akzent, „haben Sie das mitbekommen?" „Nein, was ist denn passiert?" „Diese junge Frau ist in mein Geschäft gekommen mit dem Telefon an dem Ohr und hat Blumen gekauft. Und sie fragt mich, welche Farben haben die Blumen? Sie hat nämlich eine Sonnenbrille auf. Ich bitte Sie, bei diesem Wetter. Es regnet draußen und sie trägt eine Sonnenbrille und fragt mich, welche Farbe haben die Blumen. Und ich habe ihr geantwortet, bitte nehmen Sie die Sonnenbrille ab, dann können Sie das sehen. Aber sie hat gesagt ...nein, sagen Sie mir, welche Farbe haben die Blumen. Wohin soll das führen? Die ganze Zeit hat sie telefoniert. Das ist doch wirklich ein Unding. Alle diese jungen Menschen sprechen immerzu in ihr Telefon und man kann nicht vernünftig mit ihnen reden. Deshalb machen sie auch solche Sachen wie ...tragen sie bei diesem Wetter eine Sonnenbrille und fragen mich, welche Farben haben die Blumen. Ich bitte Sie, was soll nur werden, wenn sie alle so sind. Meine Kinder sind alle so." Ich dachte an meinen Sohn und sagte, „Ja, Sie haben völlig recht. Mein Kind ist auch so." „Ja," erwiderte sie, „das ist doch gar nicht gut. So können wir nicht miteinander reden und so können wir auch nicht miteinander leben. Und die jungen Menschen wissen nicht mal mehr, welche Farben haben die Blumen. Das ist nicht gut."

Ich habe einen dicken Strauß roter und gelber Tulpen gekauft. Zuhause, bei der Erinnerung an das Gespräch, musste ich immer noch ein bisschen lächeln.

***

Die Jugend liebt heutzutage den Luxus. Sie hat schlechte Manieren, verachtet die Autorität, hat keinen Respekt vor den älteren Leuten und schwatzt, wo sie arbeiten sollte.
Die jungen Leute stehen nicht mehr auf, wenn Ältere das Zimmer betreten. Sie widersprechen ihren Eltern, schwadronieren in der Gesellschaft, verschlingen bei Tisch die Süßspeisen, legen die Beine übereinander und tyrannisieren ihre Lehrer. Sokrates, 470 – 399 v. Chr.

Die Bombe
Marianne Reiß

Ich gehöre zu den glücklichen Menschen, die – wenn sie an etwas arbeiten – alles um sich herum vergessen. Freunde und Familie lästern gerne darüber, dass neben mir ein Bombe einschlagen könnte und ich das gar nicht bemerken würde. Vor kurzem hatte ich Gelegenheit, diese Vermutung zu bestätigen. Ein Braunschweiger Großereignis hat sich direkt unter meinem Arbeitszimmerfenster zugetragen.

Meine Wohnung liegt im Hochparterre und so habe ich nicht mitbekommen, dass an einem Nachmittag ein großes Polizeiaufgebot in zwei Meter Entfernung von mir eine alte Kriegsbombe sicherte. Ich saß an einer Radiosendung und bei diesen Gelegenheiten bin ich nicht offen für andere Eindrücke.

Erst der Anruf von Freunden ließ mich in den frühen Abendstunden aus dem Fenster schauen. Potztausend! Und dann kam auch schon die Meldung über das Radio, dass noch an diesem Abend evakuiert wird. Eujeujeu. Was mich schon lange umtrieb, wurde plötzlich wahr. Was nimmt man mit, wenn man innerhalb kurzer Zeit sein Lebensumfeld verlassen muss und nicht weiß, ob alles gut geht und das Haus bei der Rückkehr noch steht? Da ist ja keine Zeit mehr zum Nachdenken. Früher hätte ich spontan "meinen Hund, seine Leine und sein Futter" gesagt. Aber meinen Hund gibt es nicht mehr und deshalb hatte ich zu dieser Gelegenheit die Hände frei. Jetzt möchten Sie wissen, was ich in der Hektik mitgenommen habe? Zahnbürste, Dokumentenmappe und mein *Schlepptop*.

Nun, es ist ja alles gut gegangen. Die Dokumentenmappe und der *Schlepptop* stehen wieder an ihrem Platz. Die Zahnbürste habe ich wirklich gebraucht. Gerade, als ich mich in Richtung Notunterkunft davon machen wollte, riefen Freunde aus Stöckheim an und luden mich für die Nacht ein. Und die sind schuld, dass ich am folgenden Morgen nicht in der Senioren-Redaktionssitzung bei der Okerwelle war. Es war einfach zu gemütlich, das Frühstück bei Eva und Erhardt in Stöckheim und ich habe gar nicht auf die Uhr geschaut. Tja, was eine alte Bombe so alles mit sich bringt...

Back to the roots
Bernd Uhde

Doppelkopf ist eine interaktive und kommunikative Angelegenheit. Wenn sich die Gruppe aus alten Schulfreunden zusammensetzt, dann lohnt es sich, in eine Kasse zu spielen, um diese dann gemeinsam auf den Doppelkopf zu *kloppen.* Und genau das taten meine Doppelkopffreunde und ich vor etwa zehn Jahren. Wir verjubelten unser Einspielergebnis bei einem gemeinsamen Wochenende in Lüneburg. Doch damit fängt diese Geschichte gar nicht an. Um sie zu erzählen, müssen wir um mehr als hundert Jahre zurück.

In meiner Kindheit erzählte meine Großmutter oft von ihrer verhinderten adligen Herkunft. Ihre Mutter war um die vorletzte Jahrhundertwende Gesellschafterin auf einem Gut bei Halberstadt. Dort traf sie auf einen der Söhne der Adelsfamilie. Wie bei solchen Konstellationen nicht selten, gab es eine kurze und heftige Affäre, die zur Auflösung der Verlobung des Adelssprosses führte und meine Urgroßmutter in guter Hoffnung zurück ließ. Ihre Verzweiflung war so groß, dass sie Anstalten machte, ihr Leben im Gutsteich zu beenden. Im letzten Moment wurde sie jedoch durch den verwitweten Forstmeister des Gutes von diesem Vorhaben abgehalten. Das ist übrigens keiner der damals so beliebten Romane von Hedwig Courts-Mahler, sondern tatsächlich ein Teil meiner Familiengeschichte.

Natürlich heiratete der Retter die werdende Mutter und sorgte auf diese Weise dafür, dass meine Großmutter als eheliches Kind geboren werden konnte. Der leibliche Vater dagegen wurde auf Besitzungen der Adelsfamilie nach Deutsch Ostafrika geschickt. So war den lieben Konventionen des Landadels in vollem

Umfang Genüge getan, nicht zuletzt auch durch eine finanzielle Unterstützung der jungen Forstmeister-Familie.

Diese Geschichte kam immer mal wieder auf den sonntäglichen Kaffeetisch. Meine Großmutter durfte 1963 als Rentnerin aus der DDR ausreisen und wohnte fortan bei unserer Familie in Braunschweig. Wenn sie erzählte, waren Geschichten über den Hoch- und auch weniger hohen Adel ihre bevorzugten Themen.

Nach dem Tod meiner Großmutter gerieten ihre Geschichten bei uns in Vergessenheit. Bis zu diesem anfänglich erwähnten Wochenende, das ich mit meiner Doppelkopfrunde in Lüneburg verbrachte. Bei dieser Gelegenheit besuchten wir das Kloster Lüne, das 1711 in ein evangelisches Damenstift umgewandelt worden war. Dort sollten die unverheirateten Töchter des Landadels versorgt werden, natürlich gegen Bezahlung oder Stiftungen durch ihre Familien.

Als ich mit meinen Begleitern durch die Außenanlagen schlenderte, unter anderem auch über den Friedhof, bat mich einer der Freunde, vor einer stark von Efeu überwucherten Grabstelle für ein Foto zu posieren. Ich stellte mich an das Grabmal, streifte die Efeuranken zur Seite, sah die Inschrift und konnte es kaum glauben. Auf dem Holzkreuz stand der Nachname des biologischen Erzeugers meiner Großmutter.

Es war das Grab einer früheren Priorin des Klosters. Meine Großmutter hatte in ihrer Jugend den Stammbaum der Adelsfamilie aufgezeichnet und so wusste ich, um wen es sich handelte. Sie war eine Kusine meines verhinderten Urgroßvaters. Und meine Mutter wusste sogar noch mehr. Diese Kusine war zusammen mit dem schwarzen Schaf der Familie in die deutschen Kolonien nach Ostafrika geschickt worden, wahrscheinlich, weil sie zu jener Zeit bereits 34 Jahre alt und unverheiratet geblieben war.

Was lernen wir aus dieser Geschichte? Wir brauchen uns keine Geschichten auszudenken. Es reicht, wenn wir unsere Erlebnisse, oder die, die uns von unseren Altvorderen erzählt werden, weiter geben und aufschreiben. Oft schreibt das Leben phantastischere Geschichten als wir sie uns ausmalen können.

Die Todesfalle
Marianne Reiß

Am Sonntagmorgen sitze ich gerne in meiner gemütlichen Leseecke am Balkonfenster. Am Balkongitter hängt ein Vogelhäuschen, das ich (obwohl ich weiß, dass man das nicht tun soll) auch außerhalb der Winterfütterungszeit bediene. Ich schaue gern den Kohl- und Blaumeisen zu, die meine Vogelbar sehr schätzen und dabei mit Grünlingen und Rotkehlchen konkurrieren. Die Grünlinge sind, wenn sie erscheinen, immer die Platzhirsche und überlassen den anderen die Futterquelle erst, wenn sie wirklich *full to burst* sind. Das finde ich zwar etwas unfein, aber ich lasse sie gewähren und befülle das Häuschen nach dem Besuch der unersättlichen Gäste einfach neu.

Denn meine Kohl- und Blaumeisen liegen mir besonders am Herzen. Warum das so ist, kann ich nicht sagen. Einmal hatte ich sogar eine Mönchsgrasmücke zu Gast, deren Namen ich erst durch heftiges Googeln erfahren habe. Leider kam sie nicht wieder. Warum? Das weiß ich auch nicht. Wenigstens meine Meisen bleiben mir treu. Davon habe ich eine ganze Menge. Wann immer mir jemand dies zum Vorwurf macht, kann ich nur zustimmen. Es sind mindestens zwölf.

Ich sitze also in meiner Leseecke und schwänze das Leben. Plötzlich verdunkelt sich der Himmel. Eine Krähe rast mehrmals im Sturzflug am Vogelhäuschen vorbei. Wenn sich jetzt jemand fragt, warum eine einzelne Krähe den Himmel verdunkeln kann, so ist dazu zu sagen, dass der Balkon sehr klein ist, sozusagen ein Bonsai-Balkon. Das trifft auch auf das Balkonfenster zu, durch das ich die Szene beobachte. Bei diesen Ausmaßen kann eine einzelne Krähe tatsächlich für eine starke Verdunklung sorgen.

Doch wir wollen nicht abschweifen. Ich mag Krähen, aber nicht in der Nähe meiner Meisen. Eigentlich sind Krähen viel zu intelligent, um den Versuch zu wagen, ein frei hängendes Vogelhaus anzusteuern. Eichhörnchen machen das manchmal, bezahlen diesen Akt der Räuberei jedoch regelmäßig mit einem Sturz vom Balkon, was ihnen jedoch nicht viel ausmacht. Meine Wohnung liegt Eichhörnchengerecht im Parterre. Aber die Krähe? Was hat die hier heute Morgen zu suchen?

Ich gehe auf den Balkon, um nach dem Rechten zu sehen. Zunächst entdecke ich nichts Ungewöhnliches. Aber da ist so ein komisches Geräusch, so eine Art schleifendes Kratzen. Ich schaue über die Balkonbrüstung in den Garten. Alles friedlich, wie es sich für einen schönen Sonntagmorgen gehört. Da wieder, das Kratzgeräusch... Mein Blick fällt auf das Vogelhäuschen. Mir erstarrt das Blut in den Adern. Durch das Sichtfenster sehe ich eine junge Blaumeise hilflos mitten im

Vogelhäuschen flattern. Sie muss auf ihrer Suche nach den letzten Körnern durch den kleinen Spalt am unteren Ende hinein geschlüpft sein. Natürlich kann sie nicht wissen, dass sie sich auf dem gleichen Wege auch wieder hinaus zwängen könnte. Wie furchtbar. Da sitzt sie im Vogelschlaraffenland dicht vor dem Notausgang und wird ihr junges Leben ohne fremde Hilfe verlieren müssen. Ich lüfte vorsichtig den Vogelhaus-Deckel und... die junge Meise flieht in die Vogelfreiheit.

So verdankt eine junge Blaumeise auf einem Balkon am Rande der Innenstadt von Braunschweig einem Feind ihr junges Leben. Wäre die Krähe nicht gewesen, die allerdings mit anderen Absichten zugegen war, ich wäre zu dieser Zeit nicht auf den Balkon gegangen und wäre wahrscheinlich viel zu spät in das Tierdrama einbezogen worden. Das hätte mir das Herz gebrochen. Übrigens auch, wenn es einer dieser unsympathischen Grünlinge gewesen wäre.

Schimansky
Brigitte Haberlandt-Klein

Nun weiß ich nicht wie das bei Ihnen ist, aber bei mir funktioniert das Gedächtnis wie ein überdimensionierter Kleiderschrank, in dem es viele verschiedene Fächer für viele verschiedene Informationen gibt. Da ist zum Beispiel ein Fach für Mathematik vorgesehen, das allerdings bei mir nicht so groß ist. Ein anderes ist für Namen und Gesichter. Das ist bei mir auch eher klein. Dann gibt es andere Fächer, die relativ groß sind. Darin sind all die Sachen, die ich für sehr wichtig halte. Jedenfalls funktioniert das nach meiner Vorstellung so in meinem Kopf.

Kürzlich hatte ich ein Gespräch mit meiner Mutter, das vielleicht viele von Ihnen mit älteren Angehörigen auch schon geführt haben. Meine Mutter ist 91 und beklagt sich darüber, dass vieles nicht mehr so gut erinnerbar ist.

Ich bin kaum durch die Tür, da sagt sie zu mir: „Sag mal, wie heißen Christel und Hartmut mit Nachnamen?" „Schimansky, Mama." „Ah ja. Komischer Name... Schimansky?" „Ja, Schimansky." „Hm, hießen die schon immer so?" „Ja, die hießen schon immer so. Der Name ist ja ähnlich verwegen, den Du vor Deiner Heirat getragen hast." „Wieso? Wie war der?" „Przekwasinsky[1], alter polnischer Arbeiteradel im Ruhrgebiet." „Ach so. Ja, stimmt. Aber so heißen wir ja jetzt gar nicht mehr." „Nein, Ihr habt den Namen auf Scheck verkürzt. Przekwasinsky war ja auch wahnsinnig unpraktisch." „Genau. Sag mal, wie heißen Hartmut und Christel mit Nachnamen?" „Schimansky." „Ah ja. Eigentlich müsste ich das ja wissen, so viele Nichten und Neffen habe ich ja gar nicht. Irgendwie ist mir das entfal-

---

1 Aussprache: Scheckwasinski

len. Ich verstehe nicht, warum man bestimmte Sachen vergisst und andere nicht." „Na ja, Mama, das ist wahrscheinlich so, dass im Gehirn die wichtigen Sachen nach vorn und die weniger wichtigen nach hinten gepackt werden. Und der Nachname von Christel und Hartmut ist bei Dir eher in den hinteren Bereichen angesiedelt." „Meinst Du, das funktioniert so?" fragt meine Mutter. „Ja, vermutlich. Es wäre jedenfalls eine plausible Erklärung." „Doch, doch... Sag mal, wie heißen Hartmut und Christel mit Nachnamen?" „Schimansky, Mama." „Ah ja, Vielleicht sollte ich mir das aufschreiben." „Mutti, das hast Du schon aufgeschrieben. In Deinem Telefonbuch." „Ach so. Da könnte ich ja dann auch nachgucken." „Das würde Dir bestimmt weiter helfen." „Hmhm, bestimmt...Schimansky heißen die, sagst Du?"

Einige Stunden später verabschiede ich mich von meiner Mutter und fahre nach Hause. Wie jedes Mal rufe ich sie an, damit sie beruhigt zu Bett gehen kann und weiß, dass ich wohlbehalten nach Hause gekommen bin. Da sagt sie: „Du sag mal, wie heißen Christel und Hartmut noch mal mit Nachnamen? Da haben wir doch heute drüber gesprochen."

„ Schimansky, Mama."

Multitasking

Marianne Reiß

Mir fällt eine Begebenheit aus dem Lateinunterricht meiner Schulzeit ein: *De bello gallico*. Normalerweise habe ich mich im Lateinunterricht nur selten hervorgetan. Aber dieses eine Mal war das anders. Ich war an der Reihe und habe mich wie gewöhnlich schwer mit der Übersetzung verhoben. Aber dann: An der Stelle, an der beschrieben wird, dass Caesar sieben Sachen auf einmal tun konnte, wurde ich wütend und machte meinem Herzen Luft: "Verdammt! Das ist doch nichts Besonderes! Das sind doch alles Sachen, die man sowieso nur zusammen erledigen kann. Die Front abschreiten und die Feldherren zusammenrufen und und und. Jede Hausfrau stemmt mit links noch sehr viel mehr! Ich verstehe nicht, wieso man mit solch läppischen Sachen ein ganzes Mehrjahrhundertwerk verfassen kann und uns Kinder zwingt, das jetzt auch noch zu übersetzen!"

Dem Lateinlehrer leuchtete die Logik ein. Er versprach, darüber nachzudenken und erteilte für den Auftritt eine Fünf in Grammatik und eine Eins für selbstständiges Denken. Am Ende war es eine Drei, was meinem Angstfach eine unerwartete Aufwertung verlieh.

Vielen Dank an

- Alexander Hoffmann für das einfühlsame Lektorat

- Brigitte Haberlandt-Klein, Helga Greger, Bernd Uhde und Helmut Priedigkeit aus der Seniorenredaktion von Radio Okerwelle 104,6 für die schönen Geschichten

- Anneke Reiß-Maaoui und Marten Reiß für die netten Illustrationen

- Thea Rieck für das schöne Foto

Marianne Reiß
Braunschweig im Mai 2019

Die Seniorenredaktion von Radio Okerwelle 104,6

(Foto links: Dorothea Rieck)

arbeitet ehrenamtlich. Sie hat derzeit elf Mitglieder ab 60 Jahren und sucht immer „Nachwuchs" – gern auch ab 55.

Die Redaktion recherchiert zu unterschiedlichen Themen, führt Interviews, stellt Texte und Musik zusammen und bereitet das Ganze dann sendefähig auf. Auch die Geselligkeit kommt nicht zu kurz. Bei gemeinsamen Ausflügen in die nähere und weitere Umgebung Braunschweigs entstehen daraus häufig neue Beiträge für die Okerwelle.

Die Sendungen sind im Nachmittagsmagazin **„Dabei nach Drei"** zu hören. Von Montag bis Donnerstag um 15 Uhr, kurz nach den Nachrichten.

senioren@okerwelle.de
https://okerwelle.de/redaktionen/

Herausgeberin und Mitautorin

Marianne Reiß
Jahrgang 1949

Diplom-Trophologin, Ernährungstherapeutin i.R. und Autorin. Sie gehört zum Redaktionsteam der Umweltzeitung und der Seniorenredaktion von Radio Okerwelle. Sie lebt in Braunschweig.
Auf ihren Webseiten bloggt sie zu den Dogmen einer gesunden Ernährung sowie über ihre Bücher und Geschichten mitten aus dem Leben.

http://tellerblick.net/
http://marianne-reiss.info

Ostern mitten im Dezember
Marianne Reiß

Pfarrhausgeschichten
Books on Demand
2016

92 Seiten, 9,20 €

Die Kurzgeschichten vermitteln überraschende Einblicke in den Kosmos eines evangelischen Pfarrhauses. Die Autorin erzählt von einer Dekade ihres Lebens, in der sie als Ehefrau eines Pfarrers den Alltag und die Gepflogenheiten christlicher Gemeinden kennen lernen durfte. Von Haus aus ohne kirchlichen Hintergrund und immer bereit, allen Dogmen die Stirn zu bieten, geht die junge Pfarrfrau fröhlich, pragmatisch und unbekümmert ans Werk. Sie sorgt dafür, dass das Leben im Pfarrhaus rund läuft und entwickelt frische Ideen für das Gemeindeleben.

Lassen Sie sich überraschen von humorvollen, spritzigen und auch berührenden Geschichten aus dem Innenleben eines Pfarrhauses.

Reiß-Wolf sucht Familie
Marianne Reiß

Geschichten vom Philip
Books on Demand
2017

68 Seiten, 7.80 €

Der Reiß-Wolf war der Hund der Familie Reiß. Eigentlich hieß er Philip und hatte die Aufgabe, die Herzen und Füße seiner Menschen zu wärmen.

Er kam als Welpe in die Familie. Gefunden an der Autobahn. Und eigentlich sollte er nicht bleiben. Aber es kam anders...

Reste-Essen reloaded
Marianne Reiß

Die Tipps und Tricks der Nachkriegsküche
Books on Demand
2017
2. überarbeitete Auflage 2019

156 Seiten, 9,90 €

Das Brot ist schon wieder trocken, die Banane hat matschige Stellen und vom gestrigen Mittagessen sind noch Nudeln übrig? Ein Fall für die Biotonne? In vielen Haushalten ist dies leider Alltag. Dabei können aus nicht mehr ganz frischen Lebensmitteln viele leckere Gerichte gezaubert werden.

Man muss kein Chefkoch sein, um ein altbackenes Brötchen zum armen Ritter zu schlagen. Das schaffen auch Koch-Anfänger. In dieser kleinen Rezepte-Sammlung verraten Nachkriegshausfrauen wie auch ihre Töchter und Söhne, was man aus Essensresten alles zubereiten kann. In Topf oder Pfanne kommt rein, was vor dem nächsten Einkauf noch da ist. Das Ergebnis kann mit jedem Gourmet-Tempel mithalten. Schlichte Hausmannskost besticht durch ihre Einfachheit. Sie kommt mit wenigen Zutaten aus und schmeckt wie bei Muttern.